RAT HAUS
POLIZEI
WERKSTATT VON TINKER & TANKER
WERKSTATT
ISCH

d

Richard Scarry

# TINKER & TANKER

DIOGENES

Der braune Hase Tinker ist ein ausgezeichneter Mechaniker, und sein guter Freund Tanker ist ein großes, starkes Nilpferd. Sie fuhren in ihrem Auto auf der Suche nach Arbeit und einem Ort, an dem sie wohnen könnten.

Da sahen sie plötzlich ein Schild, das den Weg nach Dudelstadt wies. Von einem Hügel aus konnten sie erkennen, was für ein hübsches Städtchen Dudelstadt ist. Tinker sagte: »Sieh mal, die Boote im Hafen und wie der Zug gerade aus dem Bahnhof fährt.«

»Und jetzt schau dir die runtergekommene Werkstatt hinter dem Bahnhof an«, sagte Tanker. »Das wäre genau das Richtige für uns. Lass uns hinfahren!«

T.R.R.
123

Aber dann …
Krach, bumm, kraaach!
Der Zug ist entgleist!
»Was tun? Was tun?«, rief der Lokführer.

Tinker und Tanker wussten, was zu tun war,
und machten sich an die Arbeit.

Mit Ächzen und Stöhnen hievte Tanker die Lok zurück ins Gleis. Tinker reparierte inzwischen die Schranke. Alle Passagiere jubelten, und der Zug fuhr fröhlich bimmelnd davon.

FEUER! FEUER! FEUER!
Von der anderen Seite der Gleise
hörten sie Schreie.
»Die Leiter klemmt. Sie lässt sich
nicht ausfahren, und so reicht
der Schlauch nicht.«
»Was sollen wir tun?«, rief
der Feuerwehrmann.
»Ich komme!«, rief Tanker.

T.F.D

Und mit einem gewaltigen Ruck stemmte er die Leiter hoch, hoch, hoch. Tinker raste mit dem Schlauch bis ganz nach vorn, und schhhhh, schhhh, schhhh war das Feuer gelöscht.
»Kling, klang, kloing! Ein Hoch auf Tinker und Tanker«, sangen die Feuerwehrleute, als sie nach Hause fuhren.

»Und jetzt lass uns im Hafen schwimmen gehen«, sagte Tanker. »Mir ist heiß.«

Aber Tanker kam nicht zum Schwimmen.

»Hilfe! Meine Kinder! Sie treiben hinaus aufs Meer!«, piepste eine kleine Maus.
»Was können wir nur tun?«, fragte Tanker.
»Los! Fahr zum Flughafen. Dann zeige ich es dir«, sagte Tinker.

»Schnell, schnell, der Hubschrauber!
Wir müssen die Mäusekinder retten!«

Wirbel, wirbel, wirbel! Schon waren sie über dem Wasser.
»Da sind sie!«, rief Tinker, »da in dem kleinen Boot!«

Rutsch, rutsch, rutsch!
Mutig ließ sich Tinker am Seil herab.

»Danke, danke!«, piepsten die Mäuschen.
»Du hast uns das Leben gerettet – aber da!
Ein riesiger Fisch jagt uns. Wird er uns
ins Wasser ziehen?«
Im selben Augenblick schnappte der Fisch
nach dem Anker und war gefangen!

Und da waren die Kinder gerettet.
»Hurra, hurra, Tinker und Tanker haben den Zug repariert, das Feuer gelöscht und die Mäusekinder gerettet.«
»Wir werden ein Fest feiern für Tinker und Tanker«, sagte der Bürgermeister von Dudelstadt.

Und wie sie gefeiert haben!
Beim großen Fisch-Picknick am Strand waren alle Bewohner von Dudelstadt dabei. Sie aßen und sangen und spielten alle möglichen Spiele. Was für ein Spaß!

Als der Fisch verspeist war, hielt der Bürgermeister eine schöne Rede auf Tinker und Tanker. »Diese beiden haben heute großen Mut bewiesen. Dafür sollen sie belohnt werden. Kommt alle mit«, sagte er, »ich habe eine Überraschung.«

Alle folgten dem Bürgermeister und Tinker und Tanker.
Was konnte das wohl für eine Überraschung sein?

Es war die alte, heruntergekommene Werkstatt!
»Wir renovieren die Werkstatt für euch«, sagte der Bürgermeister, »denn wir wünschen uns, dass ihr bei uns in Dudelstadt bleibt. Ihr habt so viele Talente und bekommt einfach alles wieder ins Lot.«
Tanker grunzte vor Freude, und Tinker machte ein kleines Tänzchen.
Die Leute von Dudelstadt gingen zurück an die Arbeit und verwandelten die Werkstatt in ein Schmuckstück für Tinker und Tanker.

WERKSTATT VON
TINKER & TANKER
GAS
GAS

Und klick!, wurde ein Foto von ihnen gemacht. Von diesem Tag an gaben sich Tinker und Tanker große Mühe, alle Dinge zu reparieren, und sie lebten zufrieden und glücklich in Dudelstadt.

RICHARD SCARRY, geboren 1919 in Boston, studierte Kunst an der School of the Museum of Fine Arts in Boston. Er begann seine Karriere als Illustrator und Freelancer, bis er 1963 *Mein allerschönstes Wörterbuch* veröffentlichte, das ein internationaler Bestseller wurde. Viele seiner über 300 Bücher sind in Zeichentrickserien umgesetzt. Richard Scarry starb 1994 in Gstaad.

Die Originalausgabe erschien 1961
bei Doubleday & Company, New York,
unter dem Titel ›Tinker and Tanker‹
Covermotiv: Illustration von Richard Scarry


Aus dem amerikanischen Englisch von Kati Hertzsch


Diogenes Verlag AG Zürich
info@diogenes.ch · www.diogenes.ch
In Fragen zur Produktsicherheit (GPSR):
truepages UG (haftungsbeschränkt)
Westermühlstraße 29, 80469 München
info@truepages.de
30/25/69/1
ISBN 978 3 257 01323 8

SCHULE
KOHLE
HOLZ
GETREIDE
DUDELSTADT
T.R.R.
DUDELSTADT